골프에서 인생을 음미한다!

골프와 인생

골똘히 다시 생각해보니

골프와 인생
골똘히 다시 생각해보니

영국의 골프 작가 겸 해설가였던 헨리 롱허스트는 "골프는 보면 볼수록 인생을 생각하게 하고 인생을 보면 볼수록 골프를 생각하게 한다"라며 골프와 인생의 닮은꼴을 이야기했다.

골프가 특정 부류의 사람들이 하는 고급스러운 일, 로비와 접대의 매개물이라는 부정적인 인식의 그늘을 벗어나 일상의 놀이로 다가왔다.

건물마다 들어선 스크린 골프장은 이제 당구장 출입만큼이나 자연스러운 일이 되었다. 늦게 맛들인 골프는 될 듯 말 듯 한 묘미에서 인생사의 한 토막 한 토막을 떠올리게 한다. 패러디 삽화와 글에서 피식 한번 웃는 시간을 공유하고 싶었다.

Contents

제1라운드 인연 이야기

제2라운드 마음 다스리기

Contents

제3라운드 인생 타수 줄이기

제4라운드 세상 이야기

Contents

제5라운드 골프장 뒷담화

귀가길 나를 돌아보며

제1라운드
인연 이야기
GOLF CLUB

초심

우리 머리 올리던 날 설렘과 두근거림 생각나지?

이젠 서로 마음의 칼은 그만 갈자고…

{골프유머1번지 : 골프와 자식의 공통점}

내 맘대로 안 가고 제 맘대로 간다

관심

늘 이렇게 지켜봐 줄 거지?

"글쎄… 하는 거 봐서"

{골프유머1번지 : 골프와 자식의 공통점}

힘보다는 차근차근 풀어나가야 한다

넘사벽

"공을 보라니까 뭘 보는 거야!"

"여보! 손목 아파요 살살 잡아요"

지상 최대 어려운 문제 ㅜㅜ

{골프유머1번지 : 골프와 자식의 공통점}

똑바른 길을 가길 원한다

중년 부부의 대화

여보 많이 느셨네요

ㅎㅎ 그래? 칼을 좀 갈았지

늘어난 뱃살 좀 빼야겠어요

{골프유머1번지 : 골프와 자식의 공통점}

비싼 과외를 했는데 좀처럼 실력이 향상되지 않아 속상하다

부부사이 간격

안 맞을 것 같은데

너무 가깝죠?

좀 떨어져야겠는걸

{골프유머1번지 : 골프와 자식의 공통점}

끝까지 눈을 떼지 않아야 한다

때늦은 바람

이제부터 꼭 "손잡고 다닙시다!"

"내 공은 전혀 딴 곳에 있는데…"

{골프유머1번지 : 꼭 들어야할 여자의 말}

아내, 캐디, 네비게이션

홀로서기

이젠 혼자서 하는 법을 알아야 해

언제까지 챙겨줄 수 없거든

{골프유머1번지 : 골프와 정치의 공통점}

갈수록 뻥이 심해진다

무한칭찬

"자기야~, 내 드라이브 샷 어때?"

"와~, 방향성 짱이야!!"

(헉! 비거리 30미터)

{골프유머1번지 : 골프와 정치의 공통점}

핑계가 무궁무진하게 많다

남과 여

비가 많이 와서 안되겠네 어디가?

스크린 골프라도 한 판?

빨래 걷으러 가야지!

{골프유머1번지 : 골프와 정치의 공통점}

어깨에 힘이 들어가면 끝장이다

생각의 눈

"저 달이 자기 얼굴 같애"

"나는 골프공처럼 보이는데!"

{골프유머1번지 : 골프와 정치의 공통점}

돈이 좀 있어야 할 수 있다

밀당

너무 튕기지 마

적당히 튕겨야 제대로 들어가거든

{골프유머1번지 : 골프와 정치의 공통점}

양심을 지키기 쉽지 않다

제1라운드 인연 이야기 12 HOLE

자식 1

아들아!

인생에는 연습장이 없더라

{골프유머1번지 : 골프와 정치의 공통점}

가방을 들어주는 사람과 같이 다니게 된다

자식 2

"똑바로 저 넓은 데로 가렴"

"아뇨! 제가 가고 싶은 대로 갈래요"

{골프유머1번지 : 골프와 정치의 공통점}

한번 맛을 들이면 좀처럼 끊기 어렵다

자식 3

뒤에서 조금 밀어줘야 되나?

스스로 하게 해야 되나?

{골프유머1번지 : 골프와 정치의 공통점}

그렇게 할 필요가 없는데 돈이 오가는 경우가 있다

자식 4

애야, 에미는 네가 못했을 때 널 더 사랑한단다

스코어지 볼쏘시개라도 하게 가져오너라

{골프유머1번지 : 골프와 술의 공통점}

멤버가 좋아야 맛이 난다

친구 1

이 친구 정말 어려울 때

뒤에서 봐주네

{골프유머1번지 : 골프와 술의 공통점}

성격 나오게 만든다

친구 2

들아가길 바라는 친구

안 들어갔으면 하는 친구

설마 들어갈까 하는 친구

{골프유머1번지 : 골프와 술의 공통점}

중독성이 강하다

친구 3

남들이 다 환호할 때

솔직한 표현을 하는 친구를

나쁘게만 여기지 말자

{골프유머1번지 : 골프와 술의 공통점}

자주 빠지면 왕따 당하는 수가 있다

제2라운드
마음 다스리기
GOLF CLUB

내려놓기

헤이 버디! 잡고 싶다면

손에 쥔 것들을 먼저 내려 놓아야 될걸?

{골프유머1번지 : 골프와 운전의 공통점}

초보는 항상 어깨와 손에 잔뜩 힘을 준다

방향성

어느 시점부터는 '멀리'보다는

'어디로'가 더 중요할 것 같긴 한데

{골프유머1번지 : 골프와 운전의 공통점}

부부간 가르치기에는 큰 싸움이 되기도 한다

탐욕

마지막 저격 대상은?

잘 안 죽는 놈이야ㅠㅠ

{골프유머1번지 : 골프와 운전의 공통점}

졸면 죽는다

머시 중헌디?

가끔씩 말이야

내가 가진 걸을 더 소중히 여기더라고…

{골프유머1번지 : 골프와 운전의 공통점}

중간에 휴대폰 받다가 망치는 경우가 있다

타인의 시선

폼은 좋았는데 '삑사리가 났구먼'

주변을 너무 의식하는 것 같은데…

{골프유머1번지 : 골프와 운전의 공통점}

서두르면 더 늦는다

자폐증

이거 너무 쉬운데 뭔가 이유가 있을 거야!

(그대로 받아들이지 ㅠㅠ)

{골프유머1번지 : 골프와 운전의 공통점}

가끔씩 끼어들기가 있다

소심

속 보이는 짓 했다고 속상해하지 말아야겠어

의외로 좋은 결과도 있더라고

{골프유머1번지 : 골프와 운전의 공통점}

음주 후에는 위험할 수 있으니 참아야 한다

고독유희

사람들 다 가고 나 혼자 남았구만

그래도 볕이 있으니 좋다

{골프유머1번지 : 골프와 운전의 공통점}

애지중지하다가 가끔 부숴 버리고 싶을 때가 있다

삶의 무게

둥둥 떠다닐 달에 가기 전까지

삶의 중력을 견디며 살 수밖에

{골프유머1번지 : 순수국어 골프용어}

퍼팅 : 에이씨

유혹 탈출

홀인원하면 백만원입니다

할 수 있을 것 같은데...

만원 내고 하세요

{골프유머1번지 : 순수국어 골프용어}

드라이버 샷 : 왜 이러지

실망사절

치밀하게(능력진단 => 목표설정 => 과감한 실행)

그래도 '삑사리' 나면?

그러니까 사람이다!

{골프유머1번지 : 순수국어 골프용어}

페어웨이 샷 : 미치겠네

왕년에

왕년은 갔어

물도 못 담는 컵 들고 있어 봐야

팔뚝만 아플 거야

{골프유머1번지 : 순수국어 골프용어}

아이언 샷 : 이상하네

새로운 시작

황혼이 저물어 가는군

서산에 까만 점 하나 보태고

슬슬 짐 챙겨야겠네 또 해가 뜨겠지

{골프유머1번지 : 순수국어 골프용어}

나이스 샷 반대말 : 가서 볼게요

내리막길

잘 내려가는데 ㅎㅎ

아니야! 훅(hook) 가는 수가 있으니 조심하자

{골프유머1번지 : 사자성어}

금상첨화 : 폼 좋고 점수도 좋다

비움의 미학

"그 공 너 가져"

"아니, 홀 옆에 떨어뜨려 줄게"

{골프유머1번지 : 사자성어}

유명무실 : 폼은 좋은데 점수가 나쁘다

중년 고민

오늘도 얼마나 많이 빠질까?

안 빠지는 방법이 없을까?

깊어지는 중년의 탈모 ㅠㅠ

{골프유머1번지 : 사자성어}

천만다행 : 폼은 나빠도 점수가 좋다

소탐대실

눈앞의 작은 것을 찾으려다

더 큰 소중한 것을 잃을 수도 있겠지

{골프유머1번지 : 사자성어}

설상가상 : 폼도 나쁘고 점수도 나쁘다

영화처럼

"회원님 여기서 이러시면…ㅠㅠ"

한 번쯤은 '영화처럼 살고 싶을 때 있잖아요!'

{골프유머1번지 : 사자성어}

우이공산 : 우드로 치면 공이 산으로 간다

제3라운드
인생 타수 줄이기
GOLF CLUB

깡생

실력 있냐? 돈 있냐? 잘생겼냐?

없다! 깡 있다!!

{골프유머1번지 : 골프와 로또추첨 공통점}

끝나고 나면 종이만 덩그러니 남는다

제3라운드 인생 타수 줄이기 02 HOLE

미친 도전

풍차 지붕 위에서 드라이브 샷으로

저 강을 한번 넘겨보리라

{골프유머1번지 : 골프와 로또추첨 공통점}

공이 정지할 때까지 숨죽여 지켜본다

대박 비법

흥부도 박 터지기 전까지 톱질했지

풍요로움은 땀의 결실!

{골프유머1번지 : 골프와 로또추첨 공통점}

주말에 하는 사람이 제일 많다

반칙

인생 별것 있냐며 한 방에 날리려다가

한 방에 가는 수가ㅠㅠ

{골프유머1번지 : 골프와 로또추첨 공통점}

동그란 공으로 한다

겸손

아이쿠, 힘조절 실패네 ㅠㅠ

갑자기 하려니 우스운 꼴 되는구먼

{골프유머1번지 : 골프와 로또추첨 공통점}
대개 여자들이 공을 건네준다

듣보잡폼

상대가 변칙으로 나오는 데

어떻게 대응해야 하지?

{골프유머1번지 : 골프와 로또추첨 공통점}

홀인원(1등)이 되고 나면 걱정이 뒤따른다

무한도전

양말 젖는 게 두려운 거야?

실패할 것 같은 마음이 두려운 거야?

시도는 해 봐야지!

{골프유머1번지 : 골프 3樂}

1樂 배판인데 앞의 세 사람이 드라이버 샷 OB났을 때

소명

외롭고 힘들지?

아니! 해야 할 일이 있거든!

{골프유머1번지 : 골프 3樂}

2樂 라운딩 후 클럽하우스 목욕탕에서 쏟아지는 비를 바라볼 때

자기 확신

도전하려는데 무모하단 말을 듣거든

평균인의 관점으로 여겨 버려!

{골프유머1번지 : 골프 3樂}

3樂 집에 와서 호주머니 3만원 들었는 줄 알았는데 5만원 들었을 때

멀티플레이

타이거 우즈도 우드만으로 승리한 거 아니지

사는 데는 다양성이 필요해

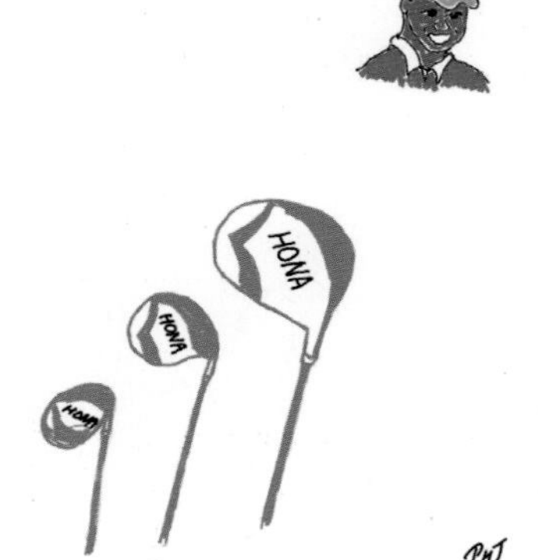

{골프유머1번지 : 골프 퀴즈}

일주일에 4회 라운딩 하면? : 주사파

인생 2막 비법

후반전은 슬슬 힘빼야겠네

전반전엔 힘 들어가서 실수가 많았던 것 같네

{골프유머1번지 : 골프 퀴즈}

파를 연속 4개 하면? : 아우디

훈수

알면서도 들어주는 사람이

한 수 위가 아닐까?

{골프유머1번지 : 골프 퀴즈}

파를 연속 5개 하면? : 올림픽

차이 인정

그것도 못 넣냐?

내가 쉽다고 모든 사람이 쉽진 않네

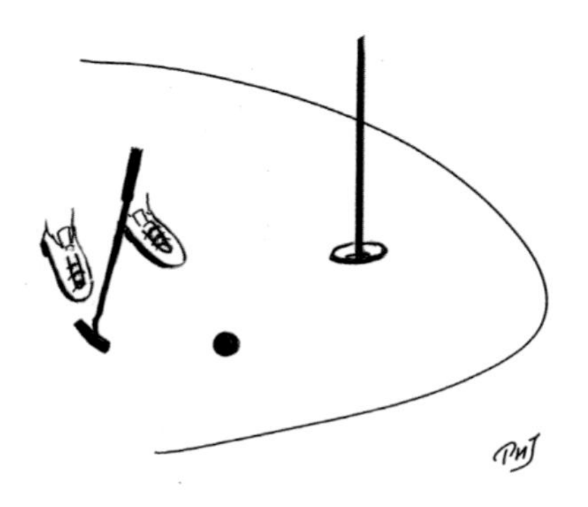

{골프유머1번지 : 골프 퀴즈}

최악의 샷의 다른 말? : 뽀오올

우회

앞으로만 가려고 했는데

뒤로 옆으로 돌아가는 방법도 있더라고

{골프경기방식 : 스트로크}

일반적인 경기 방식으로 18홀 기준 전체 타수가 적은 사람이 승리

판단 착오

뭐가 좋아서 입을 닫지 못하지?

아! 이빨 뽑았구나

겉모습만 보고 판단하면 실수한다더니 ㅠㅠ

{골프경기방식 : 매치 플레이}

각 홀의 타수로 결정, 전체 게임에서 이긴 홀이 많은 사람이 승리

수처작주

잠자리 불편하지?

괜찮아 우드니까!

{골프경기방식 : 포볼}

팀별 2명이 각자 자신의 공을 가지고 플레이 후 각 팀에서 좋은 스코어로 계산으로 승리

선택의 순간

옆으로 돌아갈까?

똑바로 갈까?

(내 책임과 판단으로 해야겠지)

{골프경기방식 : 포썸}

팀별 2명이 팀별 1개의 공으로 순서를 번갈아 가며 플레이

외줄 타기

인생은 제각각 스타일로 외줄타며

살아내는 것 아닐까?

{골프경기규칙 : 클럽 14개의 원칙}

우드4개, 아이언7개, 피칭1, 샌드1, 퍼트1

제4라운드
세상 이야기
GOLF CLUB

정치

실리냐?

명분이냐?

{골프명언 : 스코틀랜드}

가르쳐 달라고 하기전에 먼저 가르치려 하지 말라

그때 그 시절

들어갈 때까지 하십시요

다들 그렇게 하지 않나? ㅋㅋ

{골프명언 : 벤 호건}

공에서 너무 가까이 서도 너무 멀리 서도 몸의 동작은 나빠진다

뭐 하는 사람인고?

거울에 안 비치네

아! 영혼이 없는 사람이구나(공무원?)

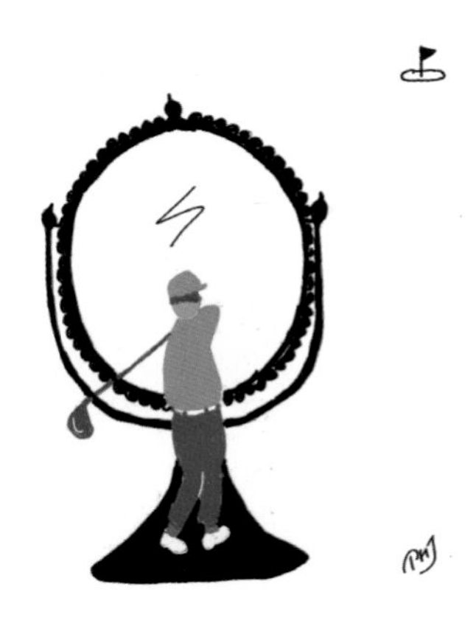

{골프명언 : 진 사라센}

좋은 골퍼는 골프를 치는 동안 좋은 일을 생각하고 서툰 골퍼는 나쁜 일을 생각한다

사생결단

이름 : 정부미

죄명 : 골갑질

범죄 사실 : 태풍 피해 지역에서 스윙 연습

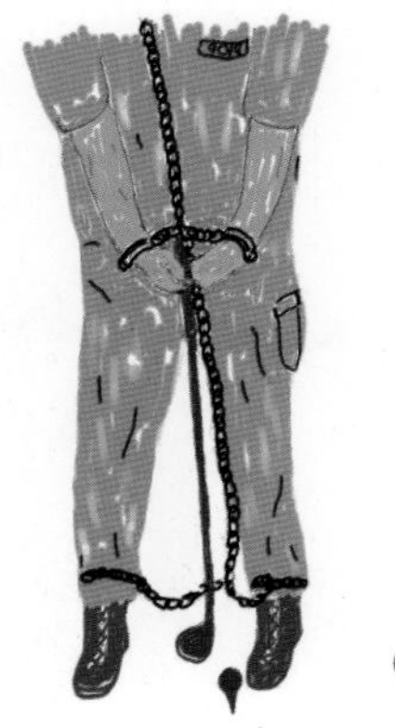

{골프명언 : 헨리 롱허스트}

골프는 보면 볼수록 인생을 생각하게 하고 인생을 보면 볼수록 골프를 생각하게 한다

광기

미쳤다고 손가락질하지 말라

"미친 세상엔 내가 정상이야!"

{골프명언 : 잭 니클라우스}

많은 비기너들이 스윙의 기본을 익히기도 전에 스코어를 따지려 한다 걷기도 전에 뛰려는 것과 같다

눈도장

예나 지금이나 사진 찍을 땐 다들 폼잡는데

돈 낼 일 생기면 슬그머니 꽁무니 ㅉㅉ

{골프명언 : 던 잿킨스}

캐디가 당신을 도울 수 있다고 생각한다면 아직도 당신은 골프를 모른다

유비무환

"무서운 칼은 뽑은 것이 아니다!"

"네?"

"부단히 갈고 있는 칼이야!"

{골프명언 : 미상}

고수는 의지대로 공이 날아가고 하수는 걱정대로 공이 날아간다

장한 아들

어미의 안정된 샷

우리의 장한 아들들이 있기에!

{골프명언 : 미상}

스윙에 힘빼는 데 3년, 피니쉬 취하는 데 3년, 마음 비우는 데 3년 걸린다

보이지 않는 적

무섭냐?

진짜 무서운 건 눈에 보이지 않는 적이야

{골프명언 : 벤 호건}

골프에는 나이가 없다 몇 살에 시작하더라도 실력은 는다

밥그릇 싸움

악어! 공 거기 둬라잉

뭔 소리여 이 구역 주인은 나여!

{골프명언 : 레스리 숀}

하루에 10분씩 6일 연습하는 것이 한꺼번에 60분 연습하는 것보다 좋은 결과를 가져다 준다

양심의 자유

금, 은, 동 드라이버 중 어느 것이 네 것이냐?

(다요! ㅋㅋ)

{골프명언 : 게리 플레이어}

위대한 골퍼일지라도 여러 차례 패하는 것이 골프다

덕치골치

장군님~ 칼은 어쩌시고?

세상을 칼로만 다스릴 수 없다!

{골프명언 : 스코틀랜드}

좋은 골프 파트너는 항상 당신보다 조금 못 치는 사람이다

안 해도 될 말

너 알깠지?

뭔 말이여 나 말(馬)인데 ㅋㅋ

{골프명언 : 폴 레니언}

강하게 치려고 하지 마라 정확하게 칠 것에만 집중하라

복병

바라미 멈췄다 지르자

(숨은 바람이 있는 것 같은데 ㅠㅠ)

{골프명언 : 미상}

롱퍼트가 거리감이면 숏퍼트는 자신감과 용기이다

신념

꽃은 흔들려도 아름답지만

사람은 기본이 흔들리면 추해진다

{골프명언 : 헤일 어윈}

골프를 즐기는 것이 바로 이기는 조건이 된다

제4라운드 세상 이야기 16 HOLE

나눔

저 공 OB나면 계란 한 줄 값 날아가는데...

걱정 마요, 이번 홀 이기면 다 쏠께요

{골프명언 : 스코틀랜드}

그 사람의 됨됨이는 18홀이면 알 수 있다

무노동 무임금

어쩌나 이 108번뇌를...

별을 따고 싶은가요? 먼저 하늘을 보시죠

{골프명언 : 데이브 힐}

골프는 이 세상에서 플레이하기에는 가장 어렵고 속이기에는 가장 쉽다

좌냐 우냐?

오른쪽이죠?

왼쪽 같은데...

어렵군 ㅠㅠ

{골프명언 : 미상}

친구와 같이 나가서 18홀 돌고 나면 모두가 적이 될 수 있는 것이 골프다

제5라운드
골프장 뒷담화
GOLF CLUB

PeeGA

미리 미리 챙길 건 따로 있었네

(남자여 남자여 ㅠㅠ)

{골프장 : 2022년 세계 10대 골프장}

#1 발데라마 골프클럽

3분 전쟁

그들은 3분과 싸우고 있다

{골프장 : 2022년 세계 10대 골프장}

#2 시암 컨트리클럽 올드코스

핸디캡

각자 마신 만큼 모자에 돈을 넣으라는데

양심껏 넣어야겠지

{골프장 : 2022년 세계 10대 골프장}

#3 에미레이트 골프코스 더 마줄리스

여성 골퍼 1호 메리 여왕

칼은 말이야 3일만 안 써도 녹이 슬거든

(남편 서거 3일밖에 안 지났는데 ㅠㅠ)

{골프장 : 2022년 세계 10대 골프장}

#4 도쿄 골프클럽

꼼수사절

실력으로 안 되는데

팻션으로 밀어볼까

{골프장 : 2022년 세계 10대 골프장}

#5 로열 멜버른 골프클럽

배려

그녀의 시간입니다

잠시 정숙할까요?

☞ 경기 보조원(캐디)도 동반자의 일원이다

{골프장 : 2022년 세계 10대 골프장}

#6 로열 카운티 다운

그들의 꿈

힘들지?

그래도 해가 뜨고 있거든

{골프장 : 2022년 세계 10대 골프장}

#7 세인트 엔드류스 올드코스

모나 캐디

제 미소의 비결은

당신의 매너입니다

{골프장 : 2022년 세계 10대 골프장}

#8 페블비치 골프링크

내기 결산

"왜 안 맞을까?"

"연습 좀 하지!"

"아니 돈 말이야"

{골프장 : 2022년 세계 10대 골프장}

#9 어거스터 내셔널 골프클럽

영업 비밀

한 잔에 얼마예요?

만오천원입니다

(원가는 얼마일까? ㅠㅠ)

{골프장 : 2022년 세계 10대 골프장}

#10 로열 도녹 골프클럽

친환경

먹을 것도 많고 일자리가 좋긴 한데

문제는 제초제야!

{잡다한 골프지식 : 클리어 그랜드 슬래머}

벤 호건, 진 사라센, 잭 니클라우스, 게리 플레이어, 타이거 우즈

디봇

뭐하세요? 빨리 오세요!

잠깐만요! 제가 저지른 것 정리 좀 하고요

{잡다한 골프지식 : 세계에서 제일 긴 골프장}

한국 군산 골프장(1004M, 81홀)

이글

이글거리는 눈빛으로 이글(eagle)한 친구

독수리 눈빛보다 무서웠다

{잡다한 골프지식 : 최대상금 및 대회}

더 플레이스 챔피언십, 상금 25,000,000$, 우승 4,500.00$(스코티세플러)

양심의 빛

"공 있나요?"

"으으, 네!"

(가로등이 평소보다 왜 더 밝지?)

{잡다한 골프지식 : LPGA 최대우승}

캐티 휘스퍼스 88회 우승

관종병

너무 나왔어 반칙이야!

배 많이 나온 것도 안되나요?

아니, 티가 너무 앞으로 나왔잖아요!

{잡다한 골프지식 : PGA 최대우승}

샘 스니드, 타이거 우즈 82회 우승

사랑의 종

동반자를 사랑하라

종을 울려 멀리 널리

그대를 사랑하노라고 알려라

{잡다한 골프지식 : 세계 최대 명품 퍼트}

카티 카메룬, 베티, 나르디, 티밀리스

풍경의 美

멀리 있는 풍경일수록 아름답게 보일 수 있거든

다가가 보면 실망할 수도 있어

있는 그대로 보자

{잡다한 골프지식 : 세계 최대 드라이버 비거리}

551야드(2007년 마이크 도빈)

벙커

벙커에 한 번 빠졌다고 낭패감에 젖다니ㅠㅠ

평생 모래밭에 사는 사람도 있는데...

{잡다한 골프지식 : 달에서 최초로 골프 친 사람}

1971년 아폴로 14호 우주비행사 엘렌 쉐퍼드(비거리 3,948M)

귀가길에
나를 뒤돌아보며
GOLF CLUB

자각을 먼저 해야했어

자세히 봐도 그 점수다

오래 봐도 그 점수다

그게 너 점수다

{골프에티켓}

최소한 1시간 전에 골프장에 도착하여 라운드를 준비하자

생각이 너무 많았어

예술(드라이버)은 밥먹고 살기 힘들고

과학(아이언)은 끝이 안 보이고

영감(퍼트)은 잡생각에 흔들리고

{골프에티켓}

티잉그라운드에서는 연습스윙을 하지 말자

댄스 파트너와 춤추듯이 할걸

응용 한 번 해볼까요?

어깨 힘 빼고

허리는 부드럽게 턴~

{골프에티켓}

다른 플레이어가 티샷을 할 때는 조용히 지켜보자

귀가길에 나를 되돌아보며, 넷

은퇴자의 자세로 드라이버 샷!

어깨 힘 빼고(자연인)

고개 숙이고(겸손)

하체 흔들리지 말고(건강)

{골프에티켓}

다른 플레이어가 샷을 할 때 연습스윙을 하거나 떠들지 말자

과유불급

전날 몸풀기는 가볍게

과도한 간보기

화를 자초하는 수가…

{골프에티켓}

자기 샷이 끝났다고 마지막 플레이어가 치기 전에 앞으로 나가지 말자

귀가길에 나를 되돌아보며, 여섯

지나친 연습보다 적당한 휴식을

"자기야 그만하고 좀 쉬자!"

지치면 지고 미쳐야 이긴다고?

미치면 병원 가야 될걸

{골프에티켓}

캐디도 동반자라는 생각으로 존중하자

타수 공개 거부

"쉿!"

왜?

벽에도 귀가 있거든

{골프에티켓}

골프는 자신과의 싸움이다 남을 탓하지 말자

꿈에 시달리지 말자

'저랑 라운드 한 번 하실래요?'

'ㅎㅎ 제가 미녀에겐 약해서'

(여보! 골프 안 가요?)

{골프에티켓}

동반자의 기분을 고려하여 자신의 샷을 기분대로 표현하지 말자

왕도는 Only 연습이다

전하 ~~

비책이 있으신지요?

"왕도는 없다!"

{골프에티켓}

가르쳐 달라고 하기 전에는 훈수를 두지 말자

희로애락이었어

인생도 골프도

기쁠 때(喜)도 화날 때(怒)도 있지만

함께 하는 사람들과

사랑하고(愛) 즐겨야 하는 것(樂)이었어

{골프에티켓}

그린 위 내가 낸 디봇은 조용히 정리하자

골프와 인생

골똘히 다시 생각해보니

초판 1쇄 2024년 8월 20일

지은이 박화진
발행인 박화진
교정/교열 김혜린
디자인 박효은
마케팅 이연실

발행처 도서출판세모통이
등록번호 제2023-000076호
주소 서울특별시 영등포구 경인로82길 3-4 센터플러스 1117호(문래동1가)
전화 02-3141-2700
팩스 02-322-3089
홈페이지 www.bookdaum.com
이메일 poliever@naver.com

가격 10,000원
ISBN 979-11-984050-6-7 03810